ZWÖLF MÄRCHEN

Simone Knels

Zwölf Märchen zum neuen Jahr

Fantasy 3

Simone Knels
ZWÖLF MÄRCHEN
zum neuen Jahr
Fantasy 3

Bibliografische Information der Deutschen Nationalbibliothek
Die Deutsche Nationalbibliothek verzeichnet diese Publikation in der Deutschen Nationalbibliografie; detaillierte bibliografische Daten sind im Internet über http://dnb.d-nb.de abrufbar.

Titelbild & Fotos: Simone Knels
Layout & Umschlaggestaltung: global:epropaganda, Xlendi
Lektorat: Michael Haitel
Herstellung: Books on Demand GmbH, Norderstedt

Verlag: *p*.machinery Michael Haitel
Ammergauer Str. 11, 82418 Murnau am Staffelsee
www.*p*machinery.de

ISBN: 978 3 942533 14 0

Simone Knels

Zwölf Märchen
zum neuen Jahr

Vorwort

Die kalte Zeit am Ende des Jahres war für mich immer die Zeit der Märchen und Geschichten. Ich sehe mich zu dieser Zeit gerne im gemütlichen Sessel vor einem knisternden Kamin ein gutes Buch lesend.

Märchen sind solche Geschichten für mich, die über mindestens ein märchenhaftes Element verfügen wie sprechende Tiere oder Fabelwesen und ein weiteres Element, das über das hinausgeht, auf das wir uns gemeinsam als Wirklichkeit geeinigt haben. Märchen sollten im Ganzen bei allen lebenserschütternden Erfahrungen einen positiven Kern innehaben und am Ende doch Kinder beruhigen.

In den letzten Jahren habe ich zwölf Märchen geschrieben, die ich hier, so gut es ging, den Monaten des nächsten Jahres zugeordnet habe. Sie stehen manchmal für die Jahreszeit, manchmal für einen Aspekt des Monats im Jahreskreis.

Zu dieser Jahreszeit ist es draußen kalt und manchmal schneit es schon, doch in meinem Sessel lesend sitzend weiß ich, ich muss dort nicht hin. Alles, was ich tun muss, ist hier zu sitzen und zu lesen.

Simone Knels, 30. Oktober 2010

Januar

Tűren

Als sie neun Jahre alt wurde, beschloss sie, es sei genug von den Märchen ihrer Kindheit. Die Suche nach dem Traumbaum, wie die verschwundenen Traumschafe gefunden wurden und auch den Besuch beim Mann im Mond wollte sie vergessen. Sie alle standen in dem Buch mit den dicken Seiten, das ihre Tante ihr an Weihnachten geschenkt hatte, als sie anderthalb Jahre alt war. Jeder in ihrer Familie und sogar gute Freunde kannten die Geschichten, denn sie mussten sie ihr wieder und wieder vor dem Einschlafen erzählen. So oft erzählten sie sie, dass das Buch mit den bunten Bildern und den für Kinderhände gemachten dicken Seiten, gar nicht mehr notwendig war, denn jeder kannte sie auswendig. Sie sah sich die Bilder nur noch manchmal an, um sich an ihre Träume zu erinnern, die Worte aber kannte sie auswendig. Und jeder, der sie ihr in den Jahren erzählt hatte, wurde korrigiert, wenn er mit auch nur einem Wort von der Geschichte abwich. So gut kannte sie sie.

An diesem Abend ihres neunten Geburtstages hatte es keine große Feier gegeben wie sonst immer, nur ein kleines Kuchenessen mit ihrer jüngeren Schwester und ihren Eltern, weil sie schon seit Tagen krank war. Eine Erkältung mit hohem Fieber hatte sie diese warmen frühen Tage des Augusts im Bett verbringen lassen. Und als ihre Mutter ihr wieder die Geschichten aus dem dicken Buch vorlesen wollte, ihr die Bilder wieder zeigte, die sie auswendig kannte, wandte sie sich ab und beschloss, es sei genug. Sie wusste, dass der Mann im Mond Tee trank, sie wusste, wo die verlorenen Traumschafe waren und sie kannte jeden Edelstein im Traumbaum. Es war genug.

Ihr Kopf tat ihr weh und Fieber glänzte auf ihrer Stirn, als sie noch in der Abenddämmerung die Augen schloss und den Geräuschen ihrer Familie zuhörte. Wie sich ihre Eltern unterhielten und ihre Schwester ins Bett gebracht wurde. Wie jemand anrief und jemand kurz an der Tür war. Sie hörte das Geschirr klappern und den Fernseher leise rauschen. Über all diesen Geräuschen schlief sie ein.

Sie erwachte in einem langen dunklen Gang voller Türen zu beiden Seiten. Der Boden war dunkel und nur von oben schien ein schwaches Licht. Das Ende des Ganges lag im Dunkeln. So viele Türen waren hier, große Türen mit großen Schlössern und gerade etwas zu hohen Klinken für ihre Hände. Sie hörte etwas flüstern hinter den Türen und hinter jeder war es ein etwas anderes Geräusch. Es klang einladend und abweisend, beruhigend und manchmal erschreckend, wie sie den Gang entlang ging, der nicht enden wollte.

Ihre Tante stand auf einmal neben ihr. Sie hatte sie schon so lange nicht mehr gesehen, dass sie sich an ihr Gesicht nicht erinnerte. Es war auch zu hoch, im Dunkeln, um es jetzt zu sehen, aber sie erinnerte sich an den Händedruck. Und an ihre Stimme, die leise wisperte: »Kleine, weißt du, wo wir hier sind.« Sie schüttelte den Kopf und ging mit ihr weiter, mit der anderen Hand behutsam an den Türen entlang fahrend, weil sie glaubte, das Flüstern dann besser verstehen zu können. Es erinnerte sie an etwas. Es war wie etwas Bekanntes aus einem Traum, den sie noch träumen sollte.

»Das sind die Türen deiner Seele«, sagte ihre Tante leise und behutsam, »und hinter jeder erwartet dich etwas Neues, das du noch nicht kennst«. Das Licht schien leise vor Erwartung zu vibrieren und die Türen fühlten sich wärmer an. »Versprich mir, sie vorsichtig zu öffnen und allem, was dahinter auf dich wartet, mit großem Respekt und ein wenig Freude zu begegnen. Denn auch das Schöne verdient Respekt und das Schlechte kann sich mit Freude verwandeln. Wohin dich diese Türen auch führen, es sind alles die Türen deiner Seele.«

Ehrfürchtig ließ sie ihre Hand auf einer Tür ruhen und stellte sich vor, welche neuen Geschichten dort auf sie warten mochten. Sie würden ihr mehr über die erzählen, die sie war und sein würde. Behutsam öffnete sie die erste Tür. Es ging ganz leicht.

Februar

Knocknarea

Meine Großmutter steckte mich unter die dicke Bettdecke, drehte die Nachttischlampe kleiner und fragte, was ich hören wollte. Draußen war es schon dunkel und der Wind fegte die Äste gegen mein Kinderzimmer. »Eine Geschichte«, sagte ich. Ihre Geschichten lenkten mich immer am besten von den Träumen der Nacht ab, in denen ich manchmal lief, manchmal fiel und viel zu selten flog.

»Dann werde ich dir eine erzählen, die ich selbst auf meinen Reisen erlebt habe.« Ich wusste, dass sie früher viel gereist, viel herumgekommen war. Manche sagten sogar: zu viel und es sei ein Wunder gewesen, dass sie jemanden kennenlernen und anhalten konnte, um meinen Vater auf die Welt zu bringen, der, sehr viel sesshafter als sie, sehr früh mich und meine Geschwister bekommen hatte.

»Es war Ende des letzten Jahrzehnts des letzten Jahrhunderts«, und mit einem Zwinkern fügte sie hinzu, »also vor gar nicht langer Zeit. Ich war mit Freunden in Dublin gelandet, in Irland, und auf dem Weg quer durch das Land zu der Küste auf der anderen Seite. Ich erinnere mich an die beschwerliche Suche nach einem richtig guten Bed & Breakfast jede Nacht, denn wir wollten, dass jede Nacht an einem besonderen Ort, in einem besonderen Hotel stattfand. Manchmal fanden wir ein richtig schönes, in einem alten Haus, manchmal aber nur eben, was der Name sagte. Eine Übernachtung und ein Frühstück. Es gab unzählige wunderbare Orte auf dieser Reise wie Tara und Newgrange im Boyne-Tal, aber wenn ich mich an Irland zurückerinnere, gibt es nur einen Ort, an dem wirklich mein Herz gehangen hat, und das war der Knocknarea in der Grafschaft Sligo im Westen. Wir waren in einem bezaubernden B & B in Standhill untergebracht, und ich erinnere mich an das gute Frühstück mit Blut- und Leberwurst.« Sie lächelte und ich verzog das Gesicht bei dem Gedanken an das, was man dort morgens zu essen bekam.

»Wir machten einen Ausflug auf den Knocknarea eines Tages. Er liegt gegenüber dem Ben Bulben, einem Berg, den Yeats sehr geliebt hat. Du solltest die Gedichte von Yeats eines Tages einmal lesen. Der Anstieg zum Knocknarea ist sehr sanft, man geht durch Wiesen, die kaum ein wenig ansteigen, vorbei an kleinen Rinnsalen mit klarem Wasser und Kieselsteinen. Dann kommt der letzte Teil und er ist sehr steil, aber wenn man oben ist, sieht man wunderbar auf das Meer und in die Bucht auf dessen gegenüberliegender Seite der Ben Bulben liegt. Alles ist grün, aber in Irland ist sowieso alles immer grün, nur die Bäume fehlen, es ist meist flach oder hügelig ohne viele Wälder.

Hier also erhebt sich das Grabmal der Königin Maeve, wie man sich erzählt. Vielleicht gut drei Meter hoch kann man auch hierauf klettern, aber niemand tat das außer mir. An einer Seite ist das Grab ein wenig eingefallen, man kann sich gut festhalten und hat oben vielleicht einen Kreis von ein oder zwei Meter Platz sich aufzuhalten. Dort saß ich also und fühlte mich wohl. Ich ließ ein paar von den Kieselsteinen zurück, die ich beim Aufstieg gesammelt hatte, denn man soll nie jemanden besuchen, ohne etwas mitzubringen.«

»Was ist denn sonst noch passiert?«, fragte ich, während vor meinen Augen immergrüne Wiesen zu sanften Hügeln wurden.

»Ich fragte einen der Führer, der mit einer anderen Gruppe da war, ob man sicher sein konnte, dass hier die Königin Maeve der Legende begraben ist. Stehend, in ihrer Rüstung gegen die Feinde von Ulster im Norden, wie man sich erzählt. Überall werden die Grabmäler, die Pyramiden, die Steingräber, selbst die Gräber in Kirchen ausgegraben, wenn man sich berechtigt fragt, wer da liegt oder wie er gestorben ist. Der Mensch scheint solche Dinge wissen zu müssen. Der Führer aber sagte, man müsse nicht nachsehen, die Legende wäre richtig. Sie alle, die hier leben, wüssten ohnehin, dass sie, die Königin Maeve, da ist und das Land beschützt. Warum sie stören?«

»Ich würde sie gern sehen, wie sie da steht in ihrer ganzen Rüstung. Das wäre doch total aufregend«, sagte ich gespannt.

»So ging es mir auch, als ich dort war. Aber dann eines anderen Tages, wir besichtigten ein Gräberfeld in einer Ebene, und hier waren einige Gräber offen gelegt, fiel mir auf, als ich mich umschaute, dass jeder Berg, jeder Hügel, fast jeder Felsen um diese Ebene seine Grabmäler hatte. Diese kleinen Erhebungen auf jedem Berg waren deutlich zu erkennen und auch hier sagte man mir, sie seien nicht ausgegraben. Wieder mit denselben Worten ›warum, wir wissen doch, dass sie da sind und uns beschützen‹.«

»Meinst du, das stimmt, was der Führer gesagt hat?«, fragte ich.

»Ich weiß es nicht. Aber ich habe gehört, dass man von dem Grabmal von Maeve auf dem Knocknarea auch annimmt, es sei viel älter als die Königin Maeve der Legenden. Es sei viele tausend Jahre alt und verkörpere die Urkraft, die die Insel Irland vor dem schlechten Wetter aus dem Norden beschützt.«

Ich wurde nun doch müde, von all den Bergen und Grabmälern, den Rüstungen und dem grünen Gras. Sie sah das und sagte leise: »Mein Liebling, es ist Zeit zu schlafen. Wichtig ist allein, dass jemand da ist, der einen beschützt und andere ihn nicht dabei stören. Und so kann jeder seiner Berufung nachgehen. Schlaf schön.«

Ich murmelte etwas und sank tiefer in die Bettdecken. Diese Nacht träumte ich nicht, dass ich lief oder fiel. Diese Nacht träumte ich, dass ich flog.

März

Verschwunden, nicht gegangen

»Aber was ist mit ihm?«, fragte sie eines Nachts, als der Regen besonders heftig an ihr Fenster klopfte und die Winde ihre Stimme fast übertönten. »Mit wem denn, Kleines?«, fragte ihre Großmutter, schon ahnend, dass es um diese große Wunde im Herzen ihres Enkelkindes gehen würde. »Du weißt schon«, sagte sie und drückte ihre Schlafkatze fester an ihre Brust. »Weißt du etwas über ihn?«

»Nun ja, Kleines«, begann die Großmutter und nahm sie auf ihren Schoß, »darüber kann ich dir nichts sagen. Aber ich kann dir viele verschiedene Geschichten erzählen. Keine muss wahr sein, keine ist wirklich falsch. Genau wie bei deinem Vater. Komm her, ich will dir davon erzählen.« Sie nahm eine Decke und drückte die Kleine samt Schlafkatze enger an sich. Sie sahen beide aus dem Fenster den schwingenden Ästen im Mondlicht zu.

»Eine hörte ich von meinem Vorgesetzten in Amerika. Ich war da mal ein paar Jahre, wie du weißt. Eines Nachts, es musste vor meiner Rückkehr nach Deutschland gewesen sein, saßen wir in seinem Auto. Er hatte mich zu meiner Abschiedsparty mit unseren Kollegen gefahren, in Birmingham, Detroit, Michigan. Wir waren in einem netten Restaurant verabredet, aber viel zu früh dran. Also warteten wir im Auto.

Es war ein Wetter wie heute. Kalt und regnerisch und voller Gespenster.« Sie lächelte und drückte die Kleine enger an sich. »Er erzählte mir, dass er keine Erinnerung an sein Leben hätte, bevor er acht war. Ich fand das ganz schön spät, schließlich glaube ich, mich an viel frühere Ereignisse in meinem Leben zu erinnern. Er meinte aber, das läge an seinem Vater. Nun ja, Kleine, du kennst mich ja, ich bin neugierig, ich musste weiter fragen. Er sagte, man habe ihm erzählt, er wisse es nicht, dass er eines Nachts mit seinem Vater Boot fahren war. Das ist nicht ungewöhnlich in Michigan. Es gibt unzählige wundervolle Seen und jeder hat ein Boot oder kennt jemanden, der eines hat. Es gibt nichts Schöneres als nachts auf einem See zu fahren, der Himmel voller Sterne, die Luft warm. Es ist, als gäbe es keine Zeit. Nur das Boot, nur den See und die Sterne. Sein Vater jedenfalls sei vom Boot gefallen und er hätte ihn nie wieder gesehen. So sagte er, und erst danach hätten seine Erinnerungen angefangen.«

»Aber dann kann er sich ja gar nicht an ihn erinnern«, sagte sie und drückte ihren Kopf in die Schlafkatze.

»Doch«, sagte die Großmutter, »nur nicht genau, nicht an jeden Tag, nicht an jedes Lachen oder jeden Ausspruch oder wie er ihn durch die Luft wirbelte. Daran nicht. Aber er kann sich daran erinnern, wie es war, als er da war.«

»Das ist sehr traurig.«

»Ja, das fand ich auch. Ich hätte ihm die Erinnerung gerne wiedergegeben. Du musst aber wissen, dass diese Blockaden der Erinnerung einen manchmal davor beschützen, einem zu großen Schmerz zu begegnen. Ich glaube, das war bei ihm der Fall. In dieser Nacht sagte er, er habe seitdem immer das Gefühl, sein Vater sei in schwierigen Situationen bei ihm, um ihn zu schützen. Wir hatten schließlich von Geistern gesprochen, und er meinte, sein Vater sein ein Geist und immer für ihn da.«

»Ja, genau, das kenne ich.«

»Das weiß ich, mein Schatz. Und hier noch eine Geschichte. Mein eigener Großvater war sehr lange krank, über ein Jahr. Meine Großmutter hatte ihn aus dem Krankenhaus geholt und ihn zu Hause gepflegt. Nur ein paar Stunden am Tag kam eine Schwester, sonst hat sie alles allein gemacht. Das Aufstehen in der Nacht, das Kochen, das Saubermachen, die Pflege über den Tag, all das lag allein an ihr. Sie wollte es so, sie waren schließlich über fünfzig Jahre verheiratet. Und auch wenn du dir das nicht vorstellen kannst, denn es ist eine unsagbar lange Zeit. Sie alle kamen zu seinem Bett, das im Esszimmer aufgestellt war, denn es war ein Krankenbett, das nur dorthin passte. Alle Freunde kamen, viele Bekannte, die gesamte Familie.«

»Und du?«

»Weißt du, ich war damals in einer anderen Stadt und sehr eingebunden, wie immer damals.« Sie seufzte. »Ich schaffte es jedenfalls am 21. Dezember zu Weihnachten zu Hause zu sein und ihn zu besuchen. Ich erinnere mich noch. Er war so alt, so klein. Seine Haut war so weiß und fühlte sich wie altes Papier an, als ich sie in die Hand nahm. Er war zwischen Wachen und Schlafen. Er erkannte mich. Er sagte nicht viel, nur dass es schön war, mich zu sehen. Dann drehte er sich wieder um und schlief weiter. Ich ging nach Hause. In dieser Nacht ist er gestorben.«

»Warst du froh, ihn noch mal gesehen zu haben?«

»Sehr froh. Man sagte, er habe auf mich gewartet. Er sei schon lange über die Zeit gewesen, aber er wollte sie alle noch einmal sehen. Alle Freunde, Bekannte, alle aus der Familie und dazu gehörte ich auch. Er hatte auf mich gewartet. Weißt du, Menschen hängen manchmal an dir, auch wenn du das gar nicht so genau weißt.«

»Und jetzt ist er weg?«

»Ja, er ist weg. Aber er hatte ein gutes und ein langes Leben. Meine Großmutter musste danach erst wieder Jahre zu sich selbst finden. Sie hatte über ein Jahr keine Nacht mehr durchgeschlafen, nur auf ihn aufgepasst und jetzt war er weg. Sie musste sich selbst neu finden. Und sie hat noch viele Jahre danach gut ihr Leben gelebt.«

»Das ist so traurig, sie war doch so allein.« Sie schaute aus dem Fenster. »Gibt es noch eine Geschichte?«

»Ja, natürlich. Eine, die noch etwas trauriger ist. Willst du sie hören?«

»Schon«, murmelte sie.

»Es gab einmal ein kleines Mädchen. Sie war von Geburt an mit der Gabe der Voraussicht gesegnet und in ihrer Familie etwas ganz Besonderes. Etwas lange Ersehntes, etwas Verheißenes. Sie war nicht nur zur prophezeiten Zeit geboren, sie zeigte auch alle Anzeichen der Prophezeiung. Sie konnte Sprachen sprechen und übersetzen, die kaum einer mehr verstand, sie zeigte eine Hingabe an das Leben, die sie alle ersehnten. Und sie hatte eine Mutter und einen Vater, zumindest am Anfang noch.«

»Oh je«, seufzte sie mit dem Wind.

»Ja, denn eines Tages sah sie seinen Tod. Mit ihrer Gabe der Voraussicht. Er hatte einen Unfall und sie sah alles, bevor man es ihr sagte. Ein Teil von ihr starb dabei und mit ihm ihre Gabe. Sie hat nie mehr ihre Gabe angewandt. Sie hatte zu viel Angst vor dem, das sie sehen könnte. Denn diese Gabe zeigt einem nicht immer, was man sehen will. Manchmal zeigt sie einem auch nur, was gerade geschieht und richtet sich nicht nach dem, was das in einem anrichtet.«

»War sie glücklich danach?«

»Oh ja. Sie konnte lachen, sie hatte Freunde, sie hatte ein Kind, sie hatte eine Partnerschaft, ein Haus. Sie war immer nur ein bisschen traurig, wenn gerade keiner hinsah. Sie vermisste ihn sehr.«

»Das verstehe ich.«

»Ja, das tust du.« Der Regen war weniger geworden, der Wind peitschte noch immer gegen die Fenster.

»Willst du noch eine Geschichte hören?«

»Es gibt noch mehr?«

»Es gibt noch so viele Geschichten, wie die Menschen Väter haben. Hinter jedem Menschen stehen die Vorfahren, stehen Geschichten.«

»Noch eine, gut.«

»Das ist wohl die Wunderlichste von allen. Es gab einmal einen Vater, dessen Kind zwar nachts schlief, aber auch nicht schlief. Es wanderte. Manchmal im Haus, manchmal im Garten, immer mit offenen Augen. Aber es schlief. Es erinnerte sich am nächsten Tag an nichts, nur der Sand oder das Gras an seinen Füßen belegte, dass etwas geschehen war oder wenn der Vater es nachts in der Wohnung auffand, gehend mit offenen Augen den Mond betrachtend und doch schlafend.«

»Wie im Traum«, sagte sie.

»Ja, wie ein Traum, aber das Kind erinnerte sich an nichts.

Eines Nachts also war das Kind einfach verschwunden. Der Vater fand es nicht in seinem Bett, nicht im Haus, nicht im Garten. Also ging er auf die Felder, über den Fluss. Es war Vollmond und sehr warm. Auf dem Feld tanzten Glühwürmchen mit den Elfen und sie sagten, sie hätten sein Kind gesehen. Es wäre schon zurück ins Haus, alles wäre gut. Ob der Vater nicht mit ihnen tanzen wollte. Und der Vater tat es.«

»Was ist passiert?«

»Das Kind wachte am nächsten Tag in seinem Bett auf und fühlte sich herrlich ausgeschlafen. Ein bisschen Korn lag unter seinem Kopfkissen und eine zerdrückte Mohnblume. Es hatte den Duft frischen Grases im Haar. Sein Vater aber war verschwunden.«

»Verschwunden?«

»Er war verschwunden, aber nicht gegangen. Vielleicht ist er bei den Elfen geblieben, vielleicht hat er sein Kind ausgelöst und sich dafür eingetauscht. Vielleicht tanzt er auch heute noch in dem Feld über dem Fluss mit den Elfen und den Glühwürmchen.«

Die Kleine dachte ein wenig darüber nach. Der Mond stand nun hoch am Himmel, nur noch wenig bewegten sich die Äste im lauen Wind. »Vielleicht«, sagte sie dann.

»Großmutter.«

»Ja, mein Kind.«

»Ich will Boot fahren lernen. Auf dem See.«

April

Die tanzende Nacht

Selbst Ende April ist es im Inntal in Tirol noch manchmal kalt und die Nächte ohne Sterne. Doch in dieser Nacht am letzten Tag des Aprils war es sternenklar und immerhin so warm, dass sie ohne Stiefel und ohne Gehstöcke die Stiegen in die Berge nehmen konnte. Es waren dreihundertvierundvierzig Stufen zu gehen, bis sie die steile Rampe erreichte, die in das Kaisertal führte und noch mal mehr als eine Stunde, bis sie den Durchgang durch den Berg erreichte, der sie in das Herz des Tals führte. Manche sagten, dahinter wäre das Märchenreich, dahinter wären die Farben und die Blumen anders, die Natur wilder, dahinter wäre man sich selbst. Es kostete sie im Mondlicht bestimmt zwei Stunden, bis sie das Tor durchschreiten und endlich durchatmen konnte.

Sie glaubte, die Luft wäre reiner hier und die Geräusche klarer. Sie hörte den Strom zu ihrer Rechten, tief unten, während sie den geschotterten Weg im Mondlicht weiter entlang ging. Es war Vollmond, ohne ihn und nur mit ihrer Laterne wäre alles viel schwieriger gewesen, denn obwohl die Wege ausgebaut und mit weißen Steinen belegt waren, die in jedem Licht zumindest schwach funkelten, war es manchmal eben doch nur ein schmaler Grat zwischen dem Weg und dem Abgrund tief unten. Ab und zu blieb sie stehen und leuchtete nach den Schildern, die den Weg in Kilometern und Minuten angaben, nach links oben oder rechts unten wiesen und meist mit einer Bank davor markiert waren. Es gab einige Gasthöfe hier im Tal, doch zu dieser Stunde standen die meisten in tiefem Dunkel und schliefen mit ihren Gästen. Es gab auch Wasser, klare Gebirgsbäche, winzig oder größer, die ihr zu trinken gaben.

Nach weiteren zwei Stunden wurde es richtig schwierig. Nach der letzten Hütte im Tal führte der Weg nur nach oben über weitere Stufen, die als aufgeschüttete Erdhügel mit Holzbohlen befestigt vor ihr lagen. Sie nahm einen tiefen Schluck aus ihrer Flasche und stieg diese vielen Stufen die letzte Stunde zur Märchenwiese empor. Der Weg war schwierig, weil er vollständig im Wald lag und der Mond ihn nicht gut bescheinen konnte. Es blieb, einen Fuß vor den anderen zu setzen, die Laterne hochzuhalten und die wenigen Rehe und Füchse, die neugierig durch die Äste lugten, so gut es ging, zu grüßen und sonst zu ignorieren. Sie ging über tiefe Schluchten und war froh, die vielen Gedenkstätten der hier Verunglückten nicht sehen zu können, und durchquerte hohe schartige Felsen.

Schließlich erreichte sie die Märchenwiese. Die Wiese war kaum mit Bäumen bewachsen und als winziges Hochplateau eine Ruhestätte, bevor der letzte Aufstieg zu den Bergen begann, die zu allen Seiten emporwuchsen. Sie war angekommen. Sie atmete tief durch und begann ihre Decke auszubreiten. Sie aß einen Apfel und trank einen Tee. Den Kern des Apfels warf sie auf die Wiese, sie verschüttete etwas Tee auf den Rasen, sie blies etwas Tabak in die Luft. Sie schaute zum Mond. Und schließlich kamen die, wegen denen sie hier war.

Es waren nicht die Saligen, die weisen Frauen der Berge, die sie erwartete. Es waren vielmehr die Trolle, die unter den Blumen wohnten. Es waren die Zwerge, die in uralten Bronzehalden immer noch nach Schätzen gruben und Schwerter schmiedeten. Es waren die Puppen, die einsame Almbewohner im Sommer zu ihrer Gesellschaft flochten. Einige waren Bäume, andere waren Blumen und der Fluss selbst zeigte sich als glitzernder Schatten. Ein paar Berggeister blinzelten alt und weise und salzig und vollkommen unbeweglich im Vollmondlicht.

»Nun«, sagte sie, »da wir alle versammelt sind in dieser wundervollen Nacht, da ihr von meinem Tee, meinem Apfel und meinem Tabak genommen habt, was wollen wir tun?«

»Wir wollen leben«, murmelte der Fluss, sang eine Elfe, wisperte ein Troll, sprach eine Blume, knirschte ein Berggeist.

»Ihr lebt hier, wie ihr immer hier gelebt habt. Kein Grund, das zu beenden. Im Gegenteil seid ihr der Grund, warum immer mehr Menschen zu euch kommen. Um zu sehen, zu erleben, zu fühlen, was wirklich ist.«

»Wir waren nicht immer hier«, murmelten die Trolle, sangen die Blumen, klang es, als zermahlten die Berggeister ihre eigenen Steine.

»Wir waren einmal Teil von den Menschen«, wisperte der Fluss, den sie undeutlich in den Bäumen glitzern, sich widerspiegeln sah aus den Untiefen seines Bettes. »Einmal, dereinst, waren wir Teil von etwas und dann erkannten sie uns als ihrer nicht würdig und verbannten alles, das sie nicht verstanden, nicht wollten, nicht ertrugen, in dieses unser Kaisertal und wir wurden, was wir sind.«

»Wir wachsen ohne Zucht und Ordnung«, sagten die Blumen.

»Wir lieben ohne Regeln«, sagten die Puppen.

»Wir bauen das Unsere«, sagten die Zwerge.

»Wir necken, was und wie wir wollen«, sagten die Trolle.

»Wir sind«, sagten die Berggeister.

»Ich fließe«, sagte der Fluss.

»Das tut ihr«, sagte sie und warf noch einen Apfelschnitz in das Gras, verschüttete noch ein wenig Tee und blies ein wenig Tabak in die Luft. Sie schaute zu dem großen runden Mond, der die Märchenwiese hell und freundlich erleuchtete.

»Es ist Zeit und Welt genug gewesen«, sagte der Fluss, die Blätter der Bäume glänzten silbrig grün und blau im schwachen Wind. »Es gab diese Zeit für uns, nur für uns in diesen Bergen, da wir erkunden konnten, wer wir sind, als sie uns verdammten. Als sie ihren eigenen Teil, ihre eigenen unerfüllten Sehnsüchte mit uns hier einsperrten. Es gab die Zeit, als das gut war und wir wuchsen. Es gab die Zeit, da uns immer mehr Menschen besuchten und wir zu ihnen sprechen konnten. Es wird die Zeit geben, da wir die Berge verlassen, diese schützenden Berge und wieder dorthin zurückkehren, woher wir stammen.«

»Wo wir wachsen können, im Tal«, sagten die Blumen.

»Wo wir lehren können, zu lieben ohne Regeln«, sagten die Puppen.

»Wo wir bauen können, was noch nie gebaut wurde«, sagten die Zwerge.

»Wo wir einfach Spaß haben«, sagten die Trolle.

»Wo wir nicht allein sind«, sagten die Berggeister.

»Dahin, wo ich fließe«, sagte der Fluss.

Sie sagte: »Wann ist die Zeit, bin ich deshalb hier?« und warf einen ganzen Apfel zu den hohen Blumengräsern und glaubte, einen Troll danach greifen zu sehen. Sie schüttete den Rest Tee aus der Tasse und blies den letzten Tabak in die Luft. Sie klaubte die Decke zusammen und sah nach dem strahlenden Mond.

Er war fast rund, fast vollkommen. Sein weißes Licht zeigte den Weg hinauf zu der letzten Hütte dieses Tales, die auch die erste des nächsten war, sowie schwach den Weg hinunter, den sie gekommen war.

»Ich bin eine alte schwache Frau«, sagte sie, nicht ganz stolz darauf, »ihr meint doch wohl nicht, es wäre jetzt für euch an der Zeit?« Zweifelnd sah sie unter die Gräser nach den Trollen, auf die Blumen, zu den Puppen im Gras, hoch hinauf zu den Bergen und dort zu den Berggeistern und Zwergen, zu dem Fluss, der sich in den wenigen Bäumen spiegelte.

»Es ist die Zeit, zu tanzen«, sagte er.

»Zeit, gemeinsam zu tanzen«, knirschten die Berggeister.

»Freude im Tanzen zu finden«, stampften die Trolle.

»Neue Figuren zu bilden im Tanz«, wisperten die Zwerge.

»Im Tanz die Liebe zu finden«, seufzten die Puppen.

»Über uns selbst hinauszuwachsen im Tanz«, sangen die Blumen.

»Und wenn«, sagte sie zitternd, »wenn wir erst einmal versuchen, hier zu tanzen, hier zu leben, gemeinsam zu tanzen, zu bauen, die Liebe zu finden, über uns hinauszuwachsen, zu fließen? Wenn wir das erst einmal hier versuchen, wo wir alle zusammen sind? Nur heute, nur für diese Nacht? Wir sehen, wie es geht. Wir entscheiden dann, was meint ihr?«

Es war ein Stampfen, Lauschen, Erzittern, Wispern, Singen in dieser Nacht, in diesen Wäldern und Wiesen im Kaisertal und wohl niemand auf allen Seiten des Kaisertals konnte ruhig schlafen. Der Mond war zu voll, meinten wohl die meisten. Manche hörten das Singen aus dem Tal, einige davon hörten es und verweigerten sich, es gehört zu haben. Zu viele Erinnerungen hingen daran, die nicht willkommen waren. Manche aber waren drauf und dran, sich eine Flasche Tee und Tabak umzubinden und mit einigen Äpfeln dem Gesang zu folgen. Manche taten es in dieser Nacht auch wirklich, vor allem die aus den umliegenden Gasthöfen im Kaisertal, und sie können auch heute noch Geschichten von dem erzählen, das ihnen widerfuhr. Manche träumen noch immer davon und manche werden in einem Traum das wiederholen, was geschah. Ein oder zwei werden es in der Wirklichkeit wiederholen und die Geister ins Tal locken.

Doch das ist noch nicht heute. An diesem Tag jedoch, als sie in die Berge ging und die Trolle, Blumen, Puppen, Zwerge, Berggeister und den Fluss besuchte und mit ihnen diesen Tanz tanzte, da gab es ein oder zwei, es mögen eine Puppe und ein Berggeist gewesen sein, die den Tanz tanzten und sie alle dann unbemerkt verließen, um in die Dörfer, tief unten im Tal, zu gehen. Manche sagen, es gelang ihnen auch. Manche wissen es aus eigener Erfahrung, weil sie sie gesehen und mit ihnen gesprochen hatten.

Mai

Der Rahmen

Als sie heirateten, war es ein großes Fest mit ihrer Familie und allen Freunden. Viele kamen aus entfernten Ländern, denn beide hatten in ihrem Leben viele Länder gesehen und viele Menschen kennengelernt. Sie feierten in einem alten Bauernhof und es war Frühling. Die Sonne war schon warm, aber noch nicht zu heiß, und die Bäume trugen das frische Grün, das sich erst Monate später in das tiefe Dunkelgrün des Sommers verwandeln würde. Viele unter ihren Freunden und Bekannten waren Künstler und einer malte ein Bild des Paares. In diesem Bild standen beide unter einem alten Baum, der im frischen Grün erblühte. Sie trug das hellgrüne Kleid, das sie auch an diesem Tag trug, und er den hellgrauen Anzug. Später erhielten sie von einem anderen Freund, einer Künstlerin, die Holz bearbeitete, einen Rahmen für das Bild. Mit Rahmen war das Bild nicht größer als ein kleiner Koffer und das war auch der Grund, warum es beide für immer begleitete. Sie hatten nicht nur viele Länder in ihrem Leben gesehen, zusammen entdeckten sie noch viele andere. Sie lebten am Anfang nur wenige Monate in einem Land, dann zog es sie weiter auf einen anderen Kontinent. Sie bekamen Kinder und blieben später mit ihnen viele Jahre in einer Stadt, in einem einzigen Land und lebten in ihrem eigenen Haus. Immer hing das Bild an der Ostwand des Hauses, denn Osten steht für den Beginn, und mit ihrer Hochzeit begann das, was sie ihr eigentliches Leben nannten. Als die Kinder erwachsen waren und das Haus verließen, gingen sie in verschiedene Länder und beide brauchten fast ein Jahr, um alle zu besuchen. Sie lebten einige Monate bei jedem ihrer Kinder und immer hing das Bild an der Ostwand des Hauses.

Als beide starben, und das taten sei im Abstand weniger Monate, gab es kein Haus aufzulösen und keinen Besitz zu verteilen unter ihren Kindern. Es gab nur einige Koffer und das Bild ihres Hochzeitstags. Die Kinder kamen zusammen und verbrannten die Koffer, ohne etwas an sich zu nehmen. Als das Kind, das zuletzt die Eltern beherbergt hatte, nach Hause kam, sah es das Bild ein letztes Mal. Es war in Licht gehüllt und der Rahmen, zuvor wie immer aus schwarzem Holz, bewegte sich in Wellen. Er verwandelte sich in das Wesen, das so viele Jahre die Eltern behütet hatte und nun befreit, wie ihre Seelen, eine Reise anderer Art antrat.

Juni

Feuer

Es war an einem anderen Abend in dieser Woche, als meine Großmutter mich wieder ins Bett brachte und ich sie bat, eine Geschichte zu erzählen. Eine von den echten Geschichten, sagte ich, keine, die in den Büchern stand, die sich in meinen Schränken stapelten und die ich alle auswendig konnte.

»Schön«, sagte sie, »gerne. Lass mich einen Augenblick überlegen. Ah, ich habe eine. Sie spielt am Ende des letzten Jahrzehnts des letzten Jahrhunderts, und das ist noch gar nicht lange her, wenn du es dir recht überlegst.« Sie zwinkerte mir zu, und ehe ich beginnen konnte, nachzurechnen, wie lange es wohl wirklich her war, auf jeden Fall vor meiner Geburt, begann sie zu erzählen.

»Unsere Firma in Südkorea wollte ein Instrument der Personalwirtschaft einführen, das Mitarbeitergespräch. Grundlegend geht es nur darum, dass sich Mitarbeiter und Vorgesetzter über die Leistung und Ziele des Jahres unterhalten. Aber wie alle Dinge, die im Leben normal sind, brauchen Firmen einen Ablauf und einen Prozess, um sich daran zu halten und zu wissen, was sie machen sollen.

Es war zuerst unklar, ob ich fliegen sollte, denn ich war noch jung in der Firma und in einem Programm zur Einarbeitung, das mich in ein paar Monaten zu einem anderen Standort bringen sollte. Und ein Kollege sagte, eigentlich müsste unser Vorgesetzter, der Personalchef, selbst gehen, denn in Asien wäre es ein großer Vorteil, wenn neue Dinge durch einen älteren Mann dargestellt würden. Sie würden so jemandem mehr vertrauen, einfach deshalb, weil er älter war und damit weiser, wie sie annahmen. Mein Kollege hatte darüber sogar seine Doktorarbeit geschrieben, also musste es stimmen.

Aber mein Vorgesetzter wollte oder konnte nicht, so genau hat er das nicht gesagt. Er erwählte mich und einen anderen jungen Kollegen, die koreanische Delegation erst einmal in Deutschland willkommen zu heißen. Es kamen zwei Koreaner, einer, dessen Namen ich vergessen habe, und einer, der sich vorstellte, er hieße Hai Tek, genauso wie das, was wir moderne Technologie nennen, Hightech. Du kennst die Abkürzung sicher nicht mehr, denn heute ist ja alles modern und du konntest schon mit fünf einen Computer bedienen, den es für mich erst gab, als ich erwachsen war.« Sie lächelte mir zu.

Und sie hatte natürlich recht, denn wie sollte man sich heute ohne das alles überhaupt verständigen oder irgendetwas erfahren können.

Sie fuhr fort: »Mister Hai Tek und sein Begleiter waren sehr fasziniert von Deutschland, vor allem von seinen grünen Wiesen und Wäldern, von den gepflegten Parkanlagen und allgemein von der Achtsamkeit, mit der wir unsere Denkmäler und Straßen sauber halten. Das gäbe es bei ihnen nicht, sagte er. Zu wenig Geld von der Allgemeinheit, zu wenig Achtsamkeit, denn jeder wäre nur versessen darauf, aus den Dörfern in die Städte zu kommen und die meisten wären froh, ihr Bauernhaus gegen eine kleine Wohnung in der Millionenstadt Seoul eintauschen zu können.

Wir gingen im Park von Baden-Baden spazieren, aßen in einem alten restaurierten Bauernhof und planten unseren Besuch in Seoul. Dazu kam es auch zwei Monate später und wir flogen die dreizehn Stunden nach Südkorea.

Was soll ich dir sagen? Obwohl es erst Juni war, herrschte eine tropische Hitze, die Luft konnte man mit Händen greifen und ich hätte geschworen, es könne gar nicht dieselbe Sonne sein, die ich durch den Dunst kaum erkennen konnte. Aber natürlich war sie es.

Wir unterrichteten also die gesamte Führungsmannschaft in diesem für sie neuen Instrument in dem der Firma eigenen Ausbildungszentrum, sprachen mit der Geschäftsleitung und hatten jeden Abend die Verpflichtung, mit allen Teilnehmern und vor allem ihrem Vorgesetzten zusammen zu sein. Denn niemand ging vor seinem Vorgesetzten ins Bett, das war eine eiserne Regel. Auch wenn sie lieber mit ihren Familien zusammen wären, sie durften sich nicht früher zurückziehen. Die koreanische Kultur legte sehr viel Wert auf Hierarchie, darauf, dass das Wort der Älteren Gesetz war, und sie alle richteten sich danach.

»Wie hast du denn da reingepasst, Großmutter?«, wollte ich wissen.

»Gute Frage. Das genau fragte ich auch, und sie sagten mir, ich hätte eine Nische gefunden, ich sei die Lehrerin.«

»Ist das was Besonderes?« wollte ich wissen.

»Nun, die koreanische Kultur basiert wohl sehr auf Autorität, Autorität durch das Alter oder durch das Wissen und das schrieben sie wohl mir zu.«

»Du hast dich wohl gut vorbereitet«, sagte ich, schon etwas schläfrig.

»Naja, ich habe den ganzen Flug durchgearbeitet«, gab sie zu. »Auf jeden Fall«, sagte sie, indem sie ihren Gesprächsfaden wieder aufnahm, »eines Abends hatten wir wieder einen Termin, ein Abendessen, mit Hai Tek und seinem Kollegen, um einen Zwischenzustand zu besprechen, wie es bisher gelaufen war und was wir noch tun könnten. Wir saßen in einem dieser sehr schönen koreanischen Restaurants auf Kissen und ich hatte meine Füße unter dem Tisch ausgestreckt. Das Feuer brannte im Kamin und wir waren mit dem Essen schon fertig. Mister Hai Tek sah in die Flamme und sagte, er sei eigentlich ein Priester des Feuers.«

Ich wurde wieder etwas wacher und fragte sie, was er damit gemeint habe.

»So genau sagte er das nicht, aber er sagte, er verehre die Leben spendende Kraft des Feuers und sähe sich als eine Art Diener der Flamme. Man könne mit ihr überallhin kommen, denn sie sei die Kraft, die das Leben erhält.«

»Und was passierte dann?«

»Wir beendeten den Aufenthalt, nachdem wir alle geschult hatten, nachdem wir den Kaiserpalast und den Namdaemun Market gesehen hatten, und flogen wieder zurück. Manchmal denke ich, es wäre gut, es wäre wieder einmal jemand hingeflogen, um zu sehen, wie es weiterging. Ob sie es wirklich verstanden haben, aber es hat sich wohl niemand gefunden, der das wollte.«

»Was passierte mit Mister Hai Tek?«, fragte ich schon halb im Schlaf.

»Nun, Mister Hai Tek kam ein Jahr später nach Deutschland und blieb dort für drei Jahre, bevor er zu einer höheren Position nach Südkorea zurückkehrte. Denn weißt du, ein Priester des Feuers kommt überallhin.«

Sie deckte mich noch einmal fest zu, löschte das Licht und verließ das Zimmer. In dieser Nacht träumte ich von einer warmen Flamme, die mich in ihren Armen hielt.

Juli

Wenn die dunklen Wolken kommen

Ein kleiner Junge konnte nachts nicht schlafen und träumte sich nach langer Zeit in einen Traum. In diesem Traum konnte er auf Wolken reiten, mit Elfen sprechen und dem Wispern der Bäume am Bach lauschen, der neben dem Haus seiner Eltern leise rauschend jede Nacht seinen Schlaf begleitete. Er ging durch die Felder hinter dem Bach, begleitet von tanzenden Sternen und mit einem vollen Mond als seinem Licht. Sein Ziel war der Wald hinter den Feldern, dunkel und einladend, wie er ihm immer erschien, wenn er im Garten der Eltern spielte. Er sah Rehe, die im Mondlicht grasten, und Füchse, die sie jagten. Ein blühender Wachholderbusch begleitete ihn. Er saß im Wald auf einer Lichtung, im dichten Gras und fühlte die Käfer die Grashalme erklimmen. Er half ihnen, wenn sie ein Blatt nicht erreichen konnten, indem er seinen Finger als Brücke anbot. Glühwürmchen saßen auf seiner Schulter.

Es muss um diese Zeit gewesen sein, als sein Vater aufwachte und seinem Gefühl folgend in das Zimmer seines Sohnes ging. Sein kleines Bett war leer, die Bettdecke zur Seite geschoben und das Bett noch warm. Er sah aus dem Fenster, auf den Garten, sah den Fluss, dahinter das Feld und den Wald in vollem Mondlicht. Er ging schneller durch das Haus, laut den Namen seines Sohnes rufend. In jedem Raum machte er Licht, doch er fand ihn nicht. Als er den Keller erreichte, sah er die Tür zum Garten offen stehen und ging in den Garten, immer noch laut den Namen seines Sohnes rufend. In der Mitte des Gartens, dort wo das Licht des Hauses nicht scheinen konnte, blieb er stehen und rief mehrmals laut. Als niemand antwortete, sank er auf die Knie. Nur das Mondlicht schien.

Eine Elfe zupfte ihn an den Haaren. Sie fragte ihn, ob er seinen Sohn suche. Mehr als verwundert antwortete er, sein Sohn schlafwandele von Zeit zu Zeit und wüsste nicht, was er täte, noch wohin er gehe, wenn er in tiefem Schlaf wäre. Ob sie ihn gesehen habe?

»Was ist ›schlafwandeln‹«, fragte sie.

»Das ist, wenn jemand im Schlaf Dinge tut, von denen er nichts weiß, und an Orte geht, die er nicht kennt.«

»So wie ein Traum?«

»Wie ein Traum, nur dass er wirklich geht, wie spazieren, ohne es zu wissen.«

»Als die großen Wolken kamen«, wisperte sie, »ging ein kleiner Mann über das Wasser, in dem Gras wächst.«

Der Vater verstand, dass Elfen anders denken als Menschen, und fragte: »Wann war das, ›als die großen Wolken kamen‹?«

»Sie kommen jedes Mal, wenn die Sonne geht und der Mond kommt.«

»Du meinst die Nacht?«

»Ich meine, wenn die großen Wolken kommen, die die Sonne verdunkeln, sodass sie erst wieder scheinen kann, wenn die Wolken gehen.«

»Du meinst die Nacht.«

»Wenn du das so nennst.«

»Ich glaube, wir Menschen nennen das so.«

Die Elfe kicherte. »›Nacht‹, klingt schön.«

»Und mit dem ›Wasser, in dem Gras wächst‹, meinst du unseren Bach, der hier hinter dem Garten fließt?«

»Wenn du das so nennst. Für uns ist es das Wasser, unter dem eine Wiese wächst.«

»Wohin ist mein Sohn gegangen, nachdem er über die Brücke gegangen ist, die über das Wasser führt, unter dem die Wiese wächst?«

»Du klingst fast schon wie wir«, lächelte die Elfe. »Der kleine Mensch spielte mit uns und besah sich die Sterne. Sie glänzten nur für ihn. Dann ging er über das Wasser auf die Felder.«

»Wann war das?«

»Es war eben, gleich oder wird sein. Nein, ich glaube, es war.«

»Ich verstehe«, sagte der Vater und ging, weil er verstanden hatte, dass Elfen wohl nicht nur andere Namen für die Dinge hatten, sondern auch mit Zeit anders umgingen. Er ging in der mondhellen Nacht über die schmale, nur aus einem Brett bestehende Brücke über dem kaum zwei Meter tiefer fließenden Wasser.

Die Felder vor dem Wald lagen still. Er glaubte Wildschweine zu hören, die wie fast jeden Abend am Waldrand nach Nahrung suchten und in der Erde wühlten. Sie hatten seinen Sohn nicht gesehen. Er fragte die Eule in dem alten verwachsenen Baum, die Rehe im Gras, die Hasen im Unterholz. Die Eule hatte ihn gesehen und wies mit ihrem Flügel und einem trockenen »Schuhu« in Richtung der alten Ruine.

Er kannte sie gut. Die Ruine war einmal Kirche, Lazarett und Wohnhaus gewesen. Es gab Ausgrabungen hier, man hatte Gräber gefunden. Die alten gotischen Verzierungen der Steinfenster waren inzwischen verschwunden, er kannte sie noch aus seiner Kindheit und von vierzig Jahre alten Fotos.

Kein guter Ort, kein böser Ort. Die Unebenheiten der Grabungen waren inzwischen wieder zugeschüttet, aber es gab Vorsprünge, auf die man klettern und von denen man fallen konnte, es gab Steine auf dem Weg und viel Gestrüpp. In nur kurzer Zeit war er dort. Das Mondlicht spielte ihm einen Streich, denn er sah das Haus als die Kirche, wie sie damals vor langer Zeit ausgesehen haben musste, vor bestimmt vielen hundert Jahren. Sie war zweistöckig und prachtvoll, die Tür auf der schmalen Seite der Sonne des Westens zugewandt. Im Turm schwang sacht der Ton einer Glocke.

Sein Sohn spielte auf den breiten Steinstufen vor der Tür mit einem Eichhörnchen. Als die Tür aufging und eine schmale alte Frau herauskam, hielt er den Atem an. Noch zu weit weg, um seinen Sohn in die Arme zu reißen. Sie stand in der Tür und sah ihn an.

»Was glaubt ihr Menschen, warum es diesen Ort noch gibt?«, fragte sie ihn mit einer sanften leisen Stimme wie eine Wiese morgens im Nebel.

Zu überrascht, um antworten zu können, ging er vorsichtig einen Schritt auf seinen Sohn zu, der weiterhin mit dem Eichhörnchen spielte und ihn nicht zu bemerken schien. Ab und zu versuchte er, auch die Elfe zu fangen, die um seinen Kopf schwirrte.

»Warum glaubt ihr, dass ihr hier noch graben und etwas finden könnt, wo doch diese Kirche schon seit vierhundert Jahren aufgegeben ist? Wie kommt es, dass trotzdem bis vor fünfzig Jahren noch Menschen hier leben konnten, als Wohnhaus? Mein Dorf ist untergegangen, die Kirche aufgegeben und doch erzählen die Sagen seit vierhundert Jahren von uns und ihr schickt sogar seit Jahrzehnten immer wieder jemanden, der alles ausgräbt und mitnimmt und wieder zuschüttet. Und ein paar Jahre später kommt ihr wieder.«

Er fand schließlich seine Stimme wieder. »Das kann ich euch nicht sagen. Ich bin nur hier, um meinen Sohn mitzunehmen. Er schlafwandelt, er weiß nicht, was er tut. Er weiß nicht, wo er ist.«

»Das weiß er wohl«, sagte die weise Frau mit einer Stimme wie heller Nebel auf einem Sommermorgen. »Du musst ihn dir nur anschauen. Er weiß genau, wo er ist.« Sie sah zu dem Jungen, der gerade das Eichhörnchen streichelte, auf das sich die Elfe hingelegt hatte, um vom Fangen spielen auszuruhen. »Er ist hier, weil das, was diesen Ort ausmacht, durch solche wie ihn erhalten wird. Er sieht ein bisschen von dem Zauber, der war und sein wird und dadurch erhält er uns.«

»Er erhält euch?«, wiederholte der Vater unverständig.

»Jeder braucht jemanden, der an ihn glaubt. Und Kinder wie er glauben an uns, sie können die Elfen sehen und die Tiere reden mit ihnen. Nur so können wir überleben. Ich danke dir also sehr für deinen Sohn und deinen Besuch.«

»Ich kann ihn jetzt doch wohl mitnehmen?«, fragte er und wusste nicht, was er tun sollte, wenn sie es verweigern sollte.

Doch sie sagte nur sanft: »Gerne. Es war schön, dass er da war.«

Der Vater nahm seinen Sohn in die Arme, und als er das tat, fiel sein Sohn in einen tiefen Schlaf und legte seinen Kopf an seine Brust.

»Er wird wiederkommen, weißt du?«, sagte die Frau, als sie leise die Türe hinter sich schloss und das Haus langsam wieder zu der Ruine wurde, die sie war.

»Da bin ich mir sogar sicher«, murmelte er und machte sich auf den Weg nach Hause und dankte freundlich der Eule, als er sie in ihrem Baum erkannte. Zur Elfe im Garten sagte er, es wäre freundlich, wenn sie das nächste Mal zu der Zeit, wenn die dunklen Wolken kommen, ein Auge auf seinen Sohn haben könne, wenn er wieder schlafwandele und wenn sie ihn aus den Augen verlöre, bei der Kirche nachschauen und ihn dann wecken solle.

Er legte seinen Sohn ins Bett, deckte ihn zu. Er schlief immer noch tief und fest. Als der Vater selbst in sein Bett ging und sanft in das Reich der Träume hinüber glitt, erinnerte er sich an die Ruine der Kirche und dass dort wohl doch vor Jahren, als er selbst noch klein war, ein Eingang im Boden zu den Kellergewölben gewesen war. Die Kellergewölbe, die die Ausgrabungen nie gefunden hatten. Sie sahen damals genau wie jene aus, die er heute so strahlend neu gesehen hatte. Er träumte von Gewölben und Weinkellern, versteckten Schätzen und ein bisschen auch von dem Zauber, der alles zusammenhält.

August

Die Rose der Wünsche

Es war vor langer Zeit ein Mann, der lebte auf einem Bauernhof hoch in den Bergen. Er besaß ein Stück Land, das er bestellte, und einige Tiere, die ihn ernährten. Er war kein guter Mann, aber auch kein schlechter. Manchmal tat er Dinge, für die er sich später selbst nicht mochte, dann tat er wieder welche, auf die er stolz war, weil sie gut waren. Eines Tages verlangte ihn nach Gesellschaft, denn er lebte schon lange allein und war es müde, jeden Tag allein sein Essen zuzubereiten und einsam vor dem Schlafengehen in das Feuer des Kamins zu schauen. Aber es war nicht einfach, in den Bergen eine Frau zu finden und so sehr er auch im Dorf suchte, wenn er es bei seinem wöchentlichen Markttag besuchte, er fand keine, die mit ihm in den Bergen wohnen wollte. Dabei war er durchaus ansehnlich und noch jung, das Haus gehörte ihm, seine Eltern hatten es für ihn gebaut. Doch für die eine war die Arbeit zu mühselig, für die andere das Leben in den Bergen zu einsam.

Als er eines Tages wieder auf dem langen Weg zurück vom Markttag im Dorf zu seinem Hof war, legte er in der Mitte des Weges eine Rast ein. Es war Sommer und heiß und er wollte etwas trinken. Er setzte sich auf einen Stein, der mit Blumen überwachsen war, als er eine Stimme hörte:

»Steh auf, du tust mir weh«, sagte sie leise.

Erschrocken sprang er auf und sah, dass er eine schöne Rose ganz zerdrückt hatte. Sie wuchs neben dem Stein, doch war sie so groß, dass sie sich über den Stein gebeugt hatte.

»Hast du gesprochen, Rose?«, fragte er.

»Natürlich, kannst du mich bitte wieder aufrichten? Ich erfülle dir auch jeden Wunsch.«

»Oh ho«, sagte der Mann, »ich habe viele Wünsche.«

»Dann erfülle ich dir eben jeden Wunsch. Meine Blätter tun so weh, bitte tu etwas.«

Er nahm die Blätter vorsichtig in die Hand und glättete sie. Dann richtete er die Rose wieder auf und tröpfelte ein bisschen Wasser aus seinem Beutel über sie. Fast schien es, als schüttelte sie sich vor Wohltat. Er setzte sich neben sie auf den Stein und sagte:

»Und jetzt erfüllst du meinen Wunsch.«

»Was wünschst du dir? Aber pass auf, jeder Wunsch kostet auch etwas. Sag mir, was du wünschst und ich sage dir, was es kostet. Dann entscheidest du, ob es auch geschehen soll.«

»Wenn das der Weg ist, dann soll es so sein. Also, ich wünsche mir eine schöne, liebe Frau, die mit mir mein Leben auf dem Hof teilt.«

»Gut, das kann ich tun«, sagte die Rose, »doch dafür soll die Frau deines Bruders keine Kinder mehr bekommen können.«

Der Mann überlegte. Sein Bruder war schon seit Jahren verheiratet und führte mit seiner Frau den Hof seiner Eltern ein paar Stunden entfernt. Sie hatten zwei Kinder, einen Jungen und ein Mädchen von drei und fünf Jahren. Sie brauchten sicher keine weiteren Kinder mehr, er glaubte sogar sich zu erinnern, dass sein Bruder gesagt hatte, er könnte keine weiteren ernähren mit dem Hof und den Eltern.

»Ich zahle den Preis.«

»Gut«, sagte die Rose, »wenn du es willst, soll es so geschehen. Was wünschst du noch?«

»Wenn ich erst einmal meine Frau habe, wird uns schon etwas einfallen. Kann ich dich mitnehmen, sodass du immer da bist, wenn ich etwas wünsche?«

»Du kannst mich ausgraben und an deinem Haus einpflanzen. Ich bin eine Kletterrose.«

Der Mann grub die Rose aus und steckte ihre Wurzeln in seinen Wasserbeutel. Dann machte er sich auf den Weg nach Hause. Dort lief ihm eine wunderschöne Frau entgegen, die sich beim Wandern verirrt hatte und in seinem Haus die Nacht über Zuflucht gefunden hatte. Das war so Sitte in den Bergen und deshalb waren dort die Türen auch niemals verschlossen, selbst dann nicht, wenn jemand nicht zu Hause war. Er verliebte sich sofort in die Frau und sie sich in ihn. Nicht lange und beide waren verlobt und dann heirateten sie im Dorf. Die Frau zog bei ihm auf dem Hof ein. Er musste nicht mehr alleine zu Abend essen und an den langen Winterabenden sah sie zusammen mit ihm in die Flammen des Kamins. Sie bestellten das Feld zusammen und waren einige Zeit sehr glücklich.

Nach einiger Zeit ergab es sich, dass ein schreckliches Fieber die Gegend heimsuchte und die beiden Kinder seines Bruders daran starben. Auch die Frau seines Bruders erkrankte, weil sie die Kinder pflegte, aber sie genas wieder. Doch beide waren nun kinderlos und hatten keine Hilfe für ihr Alter. Sie liebten einander sehr, so trennten sie sich nicht, wie das manchmal üblich ist bei Paaren, die keine Kinder haben. Doch das große Haus, das früher immer viele Kinderstimmen hörte, war nun sehr stumm und traurig.

Die Frau des Mannes wollte nun selbst Kinder haben, doch es stellten sich keine ein. Sie gingen zum Doktor im Dorf, doch auch der konnte ihnen nicht helfen. Auch eine weise Einsiedlerin, die sich mit Kräutern gut auskannte, wusste keinen Rat. Da fragte der Mann die Rose, die inzwischen prächtig an seinem Haus gewachsen war.

»Kannst du machen, dass meine Frau Kinder bekommt?«, fragte er.

»Natürlich, aber das kostet etwas.«

»Was muss ich zahlen?«

»Dein Vater wird den Tag nicht überleben.«

Der Mann überlegte wieder. Sein Vater war sehr krank und lag schon seit Wochen im Bett. Seine Mutter pflegte ihn Tag und Nacht und sah schon selbst sehr krank aus. Ganz bleich und abgemagert war sie. Keiner hatte noch Hoffnung, dass er überlebte, außer seiner Mutter, die ganz fest an ein Wunder glaubte.

»Ich zahle den Preis.«

»Gut«, sagte die Rose, »wenn du es willst, soll es so geschehen. Was wünschst du noch?«

»Wenn ich erst einmal meine Kinder habe, wird uns schon etwas einfallen«, sagte der Mann wieder.

Am selben Abend starb sein Vater und seine Mutter war ganz gebrochen. Bei seinem Begräbnis im Dorf redete sie kaum und hatte auch keine Tränen mehr.

Einige Wochen später wusste seine Frau, dass sie schwanger war und einige Monate später bekam sie Zwillinge, zwei Mädchen. Das Ehepaar war sehr glücklich. Ihr Glück wurde nur dadurch getrübt, dass seine Mutter vor der Geburt der Kinder gestorben war. Die Leute sagten, an gebrochenem Herzen sei sie dem Vater gefolgt.

Der Mann lebte mit den beiden Kindern und seiner Frau sehr zufrieden auf dem Hof. Manchmal dachte er an seine Eltern, an das Schicksal seines Bruders. Aber meist war er zufrieden mit seiner Familie. Bis er eines Tages feststellte, dass der Hof in den Bergen nicht genug hergab, um seine wachsende Familie zu ernähren. Viele der Felder waren voll Stein und Lehm, es hatte gerade für ihn und seine Frau gereicht. Er machte sich viele Gedanken, wie er den Hof vergrößern könnte, doch ihm fiel nichts ein. Er hatte kein Geld, mehr Land zu kaufen und der Hof seiner Eltern gehörte nun seinem Bruder. Er ging eines Abends wieder zur Rose, die inzwischen die gesamte Vorderseite seines Hauses bedeckte und in voller Blüte stand.

»Kannst du mich reich machen, Rose?«, fragte er.

»Natürlich, aber das kostet etwas.«

»Was muss ich zahlen?«

»Der Boden auf dem Hof deines Bruders wird unbrauchbar werden..«

Der Mann dachte nach. Sein Bruder hatte eine große Viehwirtschaft, die er von mehreren Hirten auf der Alp weiden ließ und bestellte nur wenige Felder seines Hofes. Auch war das für ihn und seine Frau zu viel Arbeit, so glaubte er sich zu erinnern, hatte ihm sein Bruder einmal erzählt …

»Ich zahle den Preis.«

»Gut«, sagte die Rose, »wenn du es willst, soll es so geschehen. Was wünschst du noch?«

»Wenn ich erst einmal reich bin, wird uns schon etwas einfallen«, sagte der Mann wieder.

Am nächsten Morgen kam ein Brief mit der Post, dass eine Tante im Ausland gestorben war und ihn als Alleinerben eingesetzt hatte. Bald darauf kam auch das Geld und er konnte sich mehr Land rund um seinen Hof kaufen. Er erweiterte auch das Haus und stellte Knechte ein. Damit war das Geld auch schon ausgegeben, aber es reichte, um ihm alle Sorgen um seine Familie zu nehmen.

Der Boden auf dem Hof seines Bruders war inzwischen verdorben. Eine Pflanze hatte sich dort breitgemacht, die die Fruchtbarkeit des Bodens erstickte. Einige Wochen später stellte sich heraus, dass die Krankheit des Bodens die Hufe des Viehs aufzuweichen begann und die Tiere an Huffäule starben. So sehr der Tierarzt und erfahrene Bauern auch ein Mittel suchten, es gab keines. Der Bruder und seine Frau mussten das Haus verkaufen, und für das wenige Geld, das sie noch dafür bekamen, gingen sie in die große Stadt, viele Tagesreisen von dem Dorf entfernt.

Eines Tages, als der Mann seinen Bruder und seine Eltern wieder sehr vermisste, spürte er einen Stich im Herzen, und als es nicht besser wurde, ließ er sich im Dorf untersuchen. Der Doktor sagte ihm, dass er sehr krank sei und vielleicht noch ein Jahr oder weniger zu leben hätte. Der Mann ging am nächsten Tag, als seine Frau und Kinder zum Maifest im Dorf waren, zur Rose und sagte:

»Kannst du mich gesund machen?«, fragte er.

»Natürlich, aber das kostet etwas.«

»Was muss ich zahlen?«

»Diesmal kostet es mehr. Du musst eines deiner Kinder verlieren, du wirst deinen Bruder niemals wieder sehen und du musst meine Wurzeln durchhacken, sodass ich sterbe und nicht wieder blühe.«

Der Mann dachte nach. Er hatte immer das Erstgeborene seiner Zwillinge mehr geliebt als das andere. Und seinen Bruder würde er sowieso niemals wieder sehen, die Stadt war viel zu weit entfernt, um ihn zu besuchen und den Hof so lange allein zu lassen. Die Rose hatte ihn genug gekostet. Seine Nichte, seinen Neffen, seine Eltern, die Nähe zu seinem Bruder. Und er sagte:

»Nein, ich will nicht gesund werden. Ich will lieber mit meiner Familie leben und noch einmal meinen Bruder sehen. Und dich sehe ich lieber blühen über den Rest des Sommers.«

»Gut«, sagte die Rose, »wenn du es willst, soll es so geschehen«, und rauschte mit ihren Blättern im Wind.

Als seine Frau und Kinder am Abend nach Hause kamen, sahen sie die Rose in voller Blüte stehen und fanden ihren Mann und Vater schlafend vor dem Kamin. Und zum ersten Mal sah seine Frau ein zufriedenes Lächeln auf seinem Gesicht.

September

Die vier Winde

Es war eine Zeit, in der Hunger über dem Land herrschte. Es hatte zu lange geregnet und anstatt in einer guten Mischung von Hitze und Feuchtigkeit zu gedeihen, faulte das Korn an der Frucht. Es war nicht das erste Jahr, dass die Ernte gering ausfiel. In dem Jahr zuvor hatte eine Hitzewelle alles verdorren lassen und die Menschen von den eingelegten Früchten des Vorjahres leben lassen. Diese waren nun aufgebraucht, nur noch wenige Vorräte waren in den Kellern und in den Vorratsplätzen des Dorfes übrig geblieben. Wie es üblich war, sparten sich die Eltern das Wenige vom Munde ab, damit ihre Kinder wenn schon nicht genug, dann doch etwas zum Leben hatten. Doch es war abzusehen, wann auch das nur Neige gehen würde.

Die tüchtigsten Männer des Dorfes wurden in zwei Gruppen geteilt. Eine ging auf die Jagd, die andere Gruppe hatte das Wenige zusammengetragen, das das Dorf an Tauschbarem besaß, und war unterwegs zu der nächsten größeren Stadt. Zurück blieben die Alten, die Frauen und die Kinder. Sie versuchten, so gut es ging, die Felder zu bestellen und trockneten selbst die Blumen, um sie als Salat essen zu können. Sie unterrichteten die Kinder, nach Wurzeln zu graben und die Algen in den Flüssen zu sammeln Die Fische waren schon lange gegangen, hatten sie doch gelernt, dass Schwimmen in diesem Teil des Flusses nur auf dem Teller eines hungrigen Menschen enden konnte.

Der andauernde Regen brachte Krankheiten mit sich. Die Alten husteten und schnieften, dann lagen sie danieder und einer nach dem anderen verschied. Da die Männer gegangen waren, versuchten die Frauen, so gut es ging, sie zu begraben, und das war nicht leicht, denn da der Regen die Erde so aufweichte, mussten sie tief, sehr tief graben, damit die Toten auch dort blieben, wo sie hingehörten. So ging es eine Zeit.

Als die Männer aus der Stadt wieder kamen, hatten sie wenig Gutes zu berichten. Die Stadt war größtenteils verlassen und die Bewohner ausgewandert, da sie kein Essen von den umliegenden Dörfern mehr beziehen konnten und ebenfalls hungerten. Für das Tauschbare, das die Männer mitgenommen hatten, konnten sie nichts Essbares eintauschen. Nur ein wenig Gold und Silber und eine alte Musikschatulle, die ein Mann nicht widerstehen konnte, seiner Tochter Liset mitzubringen. Liset spielte sie jeden Abend vor dem Einschlafen und ein ganz klein wenig konnte sie ihren Hunger vergessen.

Als die Männer von der Jagd wieder kamen, war die Freude nicht größer. Es schien, als würden kaum noch Tiere im Wald leben. Ein Mann berichtete, er hätte einen Raben gehört, der krächzte »geh fort von hier, geh fort von hier«. Er schwor es. Und selbst diesen Raben zu jagen, war sinnlos. Er war zu schnell, wie jedes Tier, das sie von fern gesehen hatten und das nur danach trachtete, zu entkommen. Sie hatten von Wurzeln und Kräutern gelebt und waren nicht bei bester Gesundheit.

Die Männer, die die Stadt besucht hatten, konnten nicht sagen, wohin die Stadtbewohner gegangen waren. Es wurde eine Versammlung abgehalten, zu beratschlagen, was zu tun war. Liset, die ihren Hunger in dieser Nacht nicht mit der Musikschatulle beruhigen konnte, hörte von Ferne zu. Sie hörte zu, aber sie verstand nicht, denn die Menschen sprachen nur von der Ausweglosigkeit, von keiner Himmelsrichtung, die mehr versprach, als das Land, auf dem sie waren, und wie sie vielleicht anstelle von Auswandern ein großes Zelt über einem Teil Erde aufbauen konnten, um den Regen abzuhalten und das Korn reifen zu lassen. Über allem aber hörte sie die Hoffnungslosigkeit.

In dieser Nacht packte sie ein paar Kleider und die Musikschatulle, nahm eine große Wurzel aus der Vorratskammer und wanderte nach Norden. Sie wanderte sicher Tage und Nächte, aber sie spürte es nicht, denn allein das Wandern ließ sie ihren Hunger vergessen. Ab und zu aß sie von der Wurzel und manchmal fand sie ein paar Früchte.

Im Norden angekommen fand sie der Nordwind. Es war ein dunkler, ruhiger Wind, der im Norden wie eine Wolke lebte und den sie erst erkannte, als er sie fragte, was sie in seinem Reich zu suchen hatte. Sie erklärte es ihm.

»Ich lebe im Norden, wo die Sonne niemals scheint«, blies er. »Ich verstehe nichts vom Wachsen und Blühen. Ich blase im Norden so stark, dass hier nur die stärksten Eichen und Tannen wachsen. Aber weiter reicht meine Macht nicht.«

»Aber kannst du nicht ein bisschen Wind schicken, damit die Regenwolken von meinem Land weggehen?«, fragte Liset.

»Das mag ich wohl tun«, sagte der Nordwind, »aber ich weiß nicht, ob ich stark genug bin, die Wolken zu vertreiben. Über deinem Land scheinen viele Wolken zu ruhen.«

»Das tun sie schon seit einiger Zeit. Ich weiß nicht, wer sie dahin gebracht hat oder warum sie da bleiben.«

»Setz dich auf einen meiner Winde, Liset. Ich werde dich über dein Land in den Süden tragen, wo meine ältere Schwester lebt. Sie kann dir sicher helfen. Und einige meiner Winde werden die Wolken mit sich nehmen.«

Der Nordwind sagte es und setzte Liset auf einen seiner dünnen, dunklen Winde. Sie winkte ihm zum Abschied und wurde über das Land getragen. Überall sah sie Nebel und Wolken und einige Wolken nahm der Nordwind von ihrem Land mit sich, sodass ihr Dorf ein bisschen mehr die Sonne sehen konnte. Dann war sie auch schon im Süden.

Der Südwind war eine feurige Winddame mit einer Luft, die Liset den Atem nahm, so trocken und heiß war sie. Als käme der Wind direkt von der Wüste. Mitten in diesem Sturm aus heißer Luft stellte Liset ihre Bitte.

»Ich kann meinen Wind schicken, Liset«, sagte der Südwind, »denn so wie mein Bruder, der Nordwind, auch die Erde ist, bin ich der Südwind und auch das Feuer und ich habe große Macht. Aber ich muss vorsichtig sein. Zuviel von meinem Wind kann eure Felder ganz verdorren lassen, da sie die Macht des Feuers in sich tragen.«

»Aber wer kann denn dann wirklich helfen?«, fragte Liset. »Wenn der Nordwind Erde ist und du der Südwind das Feuer, was kann uns dann noch retten?«

»Vielleicht kann mein Bruder der Ostwind helfen. Ich trage dich auf meinen feurigen Schwingen zu ihm und werde so wenig wie möglich über dein Dorf schicken, damit die feuchten Winde dort gehen, aber die Erde nicht verdorrt.«

Und auf den Feuerschwingen sah Liset die Wolken über ihrem Dorf weniger werden und die Menschen in dem warmen Wind erschauern. Beim Ostwind angekommen, war ihr kalt, denn dort waren die Winde ganz aufgeregt und sausten um sie herum.

»Wie kann ich dir helfen?«, fragte der Bruder von Nord- und Südwind.

»Deine Geschwister haben mir schon geholfen«, sagte Liset. »Die Wolken über meinem Dorf sind weniger geworden. Ich glaube, es braucht nur noch einen frischen Wind und dann sind sie ganz gegangen.«

»Das kann ich tun, denn weißt du, Liset, ich bin der Ostwind und ich bin Wind und ich bin der Wind in sich selbst. So kann ich deine Wolken ganz vertreiben.«

»Das wäre schön. Dann können wir dort leben bleiben und wieder anbauen und ernten, wie wir es immer getan haben.«

»Wenn ich meine Winde schicke«, sagte der Ostwind, »dann könnt ihr das Jahr überleben. Aber es mag im Sommer nächsten Jahres sein, dass euch die Winde ganz fehlen und ihr euch die Wolken zurückwünscht.«

»Was können wir dann tun?«

»Dann könnt ihr zu meiner Schwester, dem Westwind gehen. Sie ist auch das Wasser und sie kann euch soviel bringen, wie ihr braucht, wenn ihr sie nur fragt. Oder auch so wenig, dass ihr leben könnt.«

»Zum Westwind also«, sagte Liset.

»Es ist besser, wenn du dieses Jahr dort nicht hingehst. Ich spreche mit ihr. Ihr müsst etwas getan haben, dass sie euch die vielen Winde mit ihrem Wasser, dem Regen, geschickt hat. Es ist besser, sie dieses Jahr nicht zu stören.«

Liset überlegte und sagte dann: »Ich werde ihr nächstes Jahr meine Musikschatulle bringen, damit sie uns genau die richtige Menge Regen schickt, die wir brauchen.«

»Ich werde es ihr ausrichten.« Und der Ostwind setzte sie auf seine starken Winde und brachte sie nach Hause.

Oktober

Stab und Schwert

Als sie schon glaubte ganz allein zu sein und ihr Volk verloren, änderte sich alles. Es war am Anfang der Zeit und die Erde fast von Menschen leer. Das Volk war von geringer Zahl. In den unwirtlichen Bergen der Hochebene, auf der kaum etwas wuchs und die Zelte wenig Schutz vor den Winden und der Sonne boten, zogen sie seit langer Zeit von Hügel zu Hügel, von Pass zu Pass, immer auf der Flucht vor den Verfolgern. Ihr Stab mit dem Stein bot ihnen Schutz in der Dämmerung, denn nur in der aufkommenden Kühle konnten sie die Zelte abbrechen, weiterziehen und sie am Ende der Nacht wieder aufbauen. Der Stab lenkte die Verfolger ab, legte einen Schirm um das Volk, der sie vor den suchenden Blicken schützte. Es war Magie. Sie wohnte in ihr und Stab wie Stein verstärkte sie. Doch nur ein Stab allein und eine einzige Priesterin waren nicht stark genug, das gesamte Volk auch am Tag zu beschützen. Das war anders gewesen, als das Volk noch ein einziges war. Nun jedoch, nach der Trennung, war sie allein mit den Ihrigen und die anderen Priester und Priesterinnen sowie der größere Teil des einst so starken Volkes gingen einen anderen Weg. So war es beschlossen worden und so kamen sie langsam voran.

Die Verfolger mochten Bewohner dieser Hochebene sein oder Reisende wie sie. Die wenigen Begegnungen waren gewalttätig verlaufen, sie hatten einige ihrer Männer und Frauen verloren. Das Volk beschloss zu flüchten, den zuvor gewählten Weg zu verfolgen und weitere Begegnungen zu vermeiden. Doch die Verfolger kamen näher und das Volk verlor an Kraft, da sie immer weniger zu essen fanden. Auch sie verlor an Kraft und mit ihr der Stab mit dem Stein, durch den sie die Ihrigen beschützte.

Da fanden sie am Ende einer Nacht eine Stadt, in der sie Einlass erfragten und er ihnen vom Sprecher der Stadt gewährt wurde – mit einer Bedingung. Sie sollte das Schwert der Stadt begleiten, das die Verfolger seit langer Zeit jagte, denn sie griffen auch die Stadt an und ihre Bewohner, wenn sie sich außerhalb der Mauern in der Dunkelheit aufhielten. Das Schwert der Stadt in der grünen Rüstung mit silbernem Panzer hatte sie mit seinen Männern nicht ergreifen können, zu geschickt spielten sie mit Angriff und Rückzug. Mit ihrem Stab und Stein in der Dämmerung konnte es sich bis zum Angriff bedeckt halten. So geschah es schon in der folgenden Nacht.

Das Schwert und der Stab, der Kämpfer und die Priesterin, entdeckten die Verfolger nicht weit von der Stadt, und der Stab mit dem Stein verhüllte sie so lange, bis die Verfolger nicht mehr entkommen konnten. Sie mit dem Stab und dem Stein ermöglichte ihm, seine Aufgabe zu erfüllen. Es kam zum Kampf. Zum ersten Mal musste auch sie kämpfen, um ihr Leben zu verteidigen. Er kämpfte geschickt und versuchte sie bei allen Angriffen, die ihm galten, noch zu beschützen. Es gab ihr Kraft. Als es vorbei war, wischten sie sich gegenseitig das Blut von der Stirn. Sie erkannten in sich eine Harmonie von Frieden und Krieg, die sie gemeinsam ihre Verfolger hatte besiegen lassen, zum Schutze von Volk und Stadt, die ihnen alles bedeuteten. Die Harmonie änderte sie und von nun an, wann immer sie einem Kampf gegenüberstanden, waren sie nicht mehr vollständig ohne den anderen.

In den Leben, die folgen sollten, wichen sie sich nicht von der Seite und wenn es auch nur eine Erinnerung an das war, das einmal möglich gewesen war. Doch oft genug trafen sie sich und die alte Harmonie entstand verstärkt erneut. Sein Schwert war nicht scharf ohne ihre zurückhaltende Planung, und sie fand erst durch ihn ihre Wirkung in der bis dahin unbekannten Welt außerhalb des Volkes.

November

Ein ruhiger Ort der Geborgenheit

Und eines Abends, als sie schon im Bett lag und die Kälte des Novembers vor den fest verschlossenen Fenstern spürte, fuhr ihre Großmutter mit ihren Geschichten fort: »Im letzten Jahr des letzten Jahrzehnts des letzten Jahrhunderts war ich auf Urlaub. Ich gönnte mir zehn Tage auf Teneriffa in der Nähe von Puerto de la Cruz. Nichts Außergewöhnliches, einfach ein Hotel und einen Flug für diese zehn Tage. Ich erinnere mich, ich wollte nur lesen, in der Sonne liegen und gut essen. Eigentlich wollte ich nicht mehr. Aber man kann nicht zehn Tage nur im Hotel sein und so machte ich manchmal einen Ausflug vom Hotel am Hügel hinunter in die Stadt und an den Strand, vorbei an den Touristenhändlern und den kleinen Essensständen die breite Straße hinunter. Aber es war noch kalt und kaum jemand traute sich zu schwimmen. Ich hatte geglaubt, Teneriffa wäre warm um diese Jahreszeit, im März, am Anfang des Frühlings, aber der Berg der Insel, der Teide, bildete immer wieder Wolken, die den Hügel hinunter zu unserem Hotel vordrangen, um uns die Sonne zu nehmen.

Aber es machte nichts. Ich war im botanischen Garten und bestaunte diesen unglaublich alten und hohen Baum in der Mitte, aus dessen Ästen Wurzeln in den Boden zu wachsen schienen. Ich war auf der Suche nach Stränden und fand einen etwa eine Stunde vom Hotel entfernt und lief zwischen Bananenplantagen dorthin. Man musste einen steinigen Weg hinunter laufen, denn er lag in einer Bucht zwischen Felsen, sein Sand war grau und klebrig und die Wellen flogen dagegen. Ich war dort absolut allein und genoss es.

Bei meinem zweiten Besuch entdeckte ich eine Höhle auf halber Höhe. Fast schien es, als würden Stufen dorthin führen und man konnte sich unter dem Steinüberhang nur gebückt aufstellen. Gut zwei Meter tief war diese Einkerbung und es überkam mich ein wohliges, beschütztes Gefühl, wenn ich dort saß, mir die Wucht der Wellen ansah, die auf den Strand zukamen und sich an den Felsen im Meer brachen. Es kam mir unmöglich vor, hier zu schwimmen oder zu surfen, denn diese Felsen umgaben den Strand wie eine Sicherung, damit niemand dorthin gelangen konnte. In meiner Höhle fühlte ich mich auch bei schlechtem Wetter beschützt, umgeben von den Holzkreuzen, die in unzählbarer Zahl hier aufgestellt waren, kaum groß wie eine Hand und handgeflochten aus kleinen Baumästen.

Mein Urlaub endete und ich fühlte mich erholt, auch wenn mich alle Welt fragte, warum ich nicht auf den Touren zum Teide teilgenommen hatte oder mir mit einem Auto die Gegend angeschaut hätte. Ich hatte alles von der Gegend gesehen, das ich sehen musste.

Ein halbes Jahr später traf ich eine frühere Kollegin und wir kamen auf meinen Urlaub zu sprechen. Sie sagte, Teneriffa wäre fast ihre Heimat, weil ihre Eltern dort ein Ferienhaus gehabt hätten und sie kenne gut diesen Baum im botanischen Garten. Sie hätte ihn immer bewundert. Und dieser Strand, vor dem hätte sie immer Respekt gehabt. Wir fanden heraus, es war mein Strand. Für mich war er wunderschön, aber für sie, fragte ich.

Sie sagte, es wäre eigentlich ein Denkmal, denn in dieser höheren

Höhle, in der ich die vielen handgemachten Kreuze gesehen hätte, wäre eine Andacht errichtet worden. Die Kreuze wären die Andenken und die Trauer für all jene gewesen, die dort in der Bucht durch die Macht des Meeres umgekommen waren. Die an den Felsen der Bucht in ihren Booten zerschmettert worden wären oder durch die Flut umgekommen.

Es waren unzählige Kreuze, die ich gesehen hatte, und ich wurde traurig bei dem Gedanken, wie viele Leben dahinter standen. Aber während ihrer Erzählung, aus der ich großen Respekt und Furcht vor dieser Stätte herauslas, erinnerte ich mich an das Gefühl der Geborgenheit, das ich an diesem Punkt erleben durfte. Wenn das ein Ort des Andenkens an die Toten war, war der Tod ein ruhiger Ort voller Geborgenheit.«

Ich schlief ein mit dem Gedanken an eine beschützte Höhle, die mich behutsam aus den brüllenden Wogen des Meeres an einen ruhigen Ort mit Meeresrauschen trug.

Dezember

Maris Leben

Als Mari starb, verließ ihr Geist den Körper und überquerte die weiße Brücke zwischen den Welten. Sie gelangte auf eine weite Ebene, auf der jeder wache Geist seinen eigenen privaten Bereich innehat. Hier fand sie den Bereich ihres Bruders, ein Lagerfeuer mit einem Zelt. Vorsichtig klopfte sie an, so gut, wie es bei einem Zelt eben ging, und nach einer Weile kam ihr Bruder heraus.

»Ich bin gestorben«, sagte sie.

»Ich weiß«, sagte er traurig. »Ich saß die ganze Zeit an deinem Bett.«

Er war müde. Sie sah die dicken Ringe unter seinen Augen.

»Ja, ich war nicht allein, das war schön.«

»Wieso gehst du denn nicht weiter?«, fragte er.

Sie sagte: »Ich habe noch etwas vergessen. Ich war doch so lange krank, und keiner konnte mich besuchen, weil ich ja ansteckend war. Da habe ich Briefe geschrieben. Briefe, um mich zu verabschieden.«

»Die kann ich ja abschicken, wenn ich deinen Nachlass durchgehe.«

»Ja, aber ich habe sie versteckt. Sie sind in meinem Kopfkissen im Krankenhaus. Ich habe sie eingenäht.«

»Warum denn das?«, fragte er erstaunt. »Das war doch nicht nötig.«

»Weißt du, da stehen Dinge darin, die kann ich nur sagen, wenn ich gestorben bin. Und ich hatte gehofft, noch einmal gesund zu werden.«

»Aha, ich verstehe. Soll ich sie abschicken lassen, sind sie adressiert?«

»Bitte ja, tu das. Alle haben Adressen, ich hatte aber nicht mehr so viele Briefmarken.«

Er lächelte erschöpft: »Das kann ich gerade noch aufbringen. Mache ich gerne.«

»Es tut mir leid, dass ich dich angesteckt habe«, sagte sie und legte vorsichtig eine Hand auf seine Wange. »Es tut mir so leid.«

»Ich werde dir bald folgen.«

»Soll ich hier auf dich warten? Ich kann hier sicher noch ein bisschen herumgehen, vielleicht finde ich noch jemanden, den ich kenne. Und dann bist du nicht allein.«

»Das wäre schön,« sagte er.

Sie umarmten sich und dann ging Mari. Sie sah auf der grasbewachsenen Ebene, auf der immer Sommer war, viele weitere private Bereiche. Dies sind die Orte, zu denen Menschen gehen, wenn sie träumen. Das machen sie ganz von selbst und nicht immer wissen sie es. Sie bauen sich in der anderen Welt einen Ort, der ganz ihnen gehört und in dem sie sicher sind. Manche erreichen ihren Bereich auch, wenn sie wach sind, indem sie sich ganz fest konzentrieren und an etwas Schönes denken. Jeder Bereich sah anders aus. Sie sah Schaukeln, Sofa, sogar Häuser. Einige waren von Wasser umgeben, denn Wasser trennt am Besten und sichert vor unabsichtlichen Besuchen.

Mari sah niemanden, den sie gut kannte und sie wollte auch niemanden einfach stören. So setzte sie sich unter einen Busch und wollte warten. Doch plötzlich veränderte sich vor ihr die Ebene und weiße Stufen tauchten auf. Alles war in ein gleißendes weißes Licht gehüllt und wie von selbst ging sie die Treppen hinauf, bis sie vor einem weißen Tor stand. Hier wartete ein Wächter auf sie.

»Mari, du bist da«, sagte der Wächter.

»Es hat lange gedauert«, antwortete sie, »aber jetzt geht es mir wieder gut.«

»Wie sollte es auch anders sein, du bist fast zu Hause«, sagte der Wächter, der ihre Großmutter war. Sie war vor mehr als vierzig Jahren gestorben, aber Mari hatte immer gefühlt, dass sie über sie gewacht hatte.

»Es tut gut dich wieder zu sehen«, seufzte Mari erleichtert darüber, jemand Bekannten zu sehen. So einfach war es nicht, seinen Weg allein zu finden. Sie war froh, dass ihr Bruder bald kam.

»Es ist auch schön für mich, endlich wieder mit dir reden zu können, nachdem ich solange auf dich achtgegeben habe. Aber pass auf, ich habe eine Nachricht für dich. Das war dein letztes Leben. Du kannst jetzt in das ewige Leuchten eingehen und für immer und alle Ewigkeit zu Hause sein. Na, was sagst du?«

»Du meinst, ich muss nicht wieder Leben um Leben leben? Ich kann aufhören und hier einfach zufrieden und glücklich sein?«

»Hinter diesem Tor hier, ja. Komm mit mir.« Ihre Großmutter drehte sich um und ging auf das Tor zu, das sich schon einen Spalt öffnete. Mari konnte das warme Leuchten dahinter sehen, das Willkommensein spüren. So viele Ewigkeiten hatte sie sich nach diesem Ankommen und Ausruhen gesehnt.

Aber sie zögerte. Der Wächter bemerkte es und drehte sich fragend um.

»Ich kann nicht«, sagte Mari leise.

»Dein Bruder wird auch so den Weg finden, du musst nicht auf ihn warten.«

»Das ist es nicht.«

»Was ist es denn dann?«

»Ich bin mit meinem Geist hier, aber meine Seele ist noch gebunden.«

»Sag, Mari, wo hast du deine Seele gebunden?«

»Es ist viele Leben her, da hatte ich ein Kind und dieses Kind habe ich verlassen. Sie hat mir nie verziehen. Sie hatte auch nie in ihrem Leben eine Mutter. Es scheint sich ein Muster gebildet zu haben, das sie immer wieder ohne Mutter aufwachsen ließ. Ich möchte versuchen, das zu lösen.«

»Weil auch du dich gebunden hast, indem du nicht die Mutter warst, die du hättest sein wollen?«, fragte ihre Großmutter.

»So ist es.«

»Du weißt, dass ihr euch nicht mehr als Mutter und Tochter wiedersehen könnt? Das Leben wird euch in anderen Beziehungsmustern zusammenbringen, wenn du es wünschst.«

»Ja, ich weiß. Aber auch das ist es nicht nur.«

»Was ist es denn noch, Tochter?«

»Ich habe mein Herz nicht mit mir.«

»Und wo ist dein Herz?«

»Es ist bei der Löwenkönigin. Ich gab es ihr vor vielen Leben, als ich so traurig und verzweifelt war über die Wunden, die mir das Leben geschlagen hat, dass ich nicht mehr weinen konnte. Ich gab es ihr, damit sie auf es aufpasst und sie gab mir Mut und Stärke. Ich muss es zurückfordern.«

»Du wirst dann wieder weinen und verzweifelt sein?«

»Vielleicht. Ich werde wieder fühlen. Hoffentlich.«

»Sie muss eine starke Königin sein, dass sie auf verwundete Herzen aufpassen kann.«

»Das ist sie. Aber das ist es nicht nur.«

»Was gibt es noch?«

»Mein Verstand ist verwirrt.«

»Du scheinst mir klar zu sprechen.«

»Es gibt noch soviel, das ich sagen und weitergeben will. Ich hatte nicht die Zeit, alles aufzuschreiben, was ich weiß. Ich wollte das tun, damit andere es leichter haben und besser verstehen. Aber mein Verstand war verwirrt.«

»Du weißt, dass dich vielleicht niemand verstehen wird.«

»Ja, das kann sein, aber ich will es versuchen.«

»Meine Tochter, du suchst deine Seele, dein Herz und deinen klaren Verstand. Du kannst nur noch ein Leben leben.«

»Nur noch eines, um all das zu lösen?«

»Es ist deine Entscheidung. Du kannst jetzt in das Leuchten gehen, denn niemand macht dir einen Vorwurf, du bist vollständig anerkannt und willkommen. Wenn du gehst, gibt es nur noch ein Leben.«

»Das ist viel für ein Leben.«

»Es wird heißen viele Leben in einem Leben zu leben.«

Mari überlegte und sah sehnsüchtig nach dem warmen Leuchten hinter dem Tor, das sie schon fast zu umfangen schien.

»Ich muss es wagen und ich will es wagen. Ich würde nicht fühlen, dass ich vollständig wäre, würde ich jetzt zu dem Leuchten gehen.«

»Dann nimm meinen Segen mit dir«, sagte ihre Großmutter und umarmte sie.

Mari aber wachte in einem Mädchenkörper von zwei Jahren wieder auf, nur um wieder zu träumen, bis sie sich viel später ihrer selbst in ihrem letzten Leben bewusst wurde und begann, sich zu erinnern, warum sie hier war.

Verzeichnis

Türen (Januar)	Kufstein, 13. Mai 2010
Knocknarea (Februar)	Kufstein, 13. Mai 2010
Verschwunden, nicht gegangen (März)	Kufstein, 06. Juni 2010
Die tanzende Nacht (April)	Kufstein, 28. Oktober 2010
Der Rahmen (Mai)	Novi, Michigan, 20. Juni 2004
Feuer (Juni)	Kufstein, 15. Mai 2010
Wenn die dunklen Wolken kommen (Juli)	Novi, Michigan, 10. September 2004, Kufstein, 29. Oktober 2010
Die Rose der Wünsche (August)	Novi, Michigan, 21. März 2004
Die vier Winde (September)	Novi, Michigan, 05. Juli 2004
Stab und Schwert (Oktober)	Ludwigsburg, 18./21. Mai 2008
Ein ruhiger Ort der Geborgenheit (November)	Kufstein, 15. Mai 2010
Maris Leben (Dezember)	Novi, Michigan, 30. Mai 2004

p.machinery

Primär- & Sekundärliteratur

Verlagsprogramm

Ben Ryker. Sein erster Einsatz. **C. T. O. 1.** ISBN 978 3 942533 03 4

Ben Ryker. Operation Melange. **C. T. O. 2.** ISBN 978 3 942533 04 1

Ben Ryker. Biss der Cobra. **C. T. O. 3.** ISBN 978 3 942533 06 5

Ben Ryker. Pest von England. **C. T. O. 4.** ISBN 978 3 942533 07 2

C. J. Knittel. DIE SIEDLUNG. Novelle. **ATM 1.** ISBN 978 3 942533 11 9

Bernd Robker. BEI REGEN UND BEI SONNENSCHEIN. Gedanken und Erfahrungen eines Weltgereisten. **ErlebnisWelten 1.** ISBN 978 3 00 020612 2

Tiny Stricker. VOM GEHEN IN GRIECHISCHEN STÄDTEN. **ErlebnisWelten 2.** ISBN 978 3 8391 2048 4

Matthias Falke. SAJAMA. Boliviens höchster Berg. Ein Expeditionstagebuch. **ErlebnisWelten 3.** ISBN 978 3 8391 5432 8

Michael Schmidt (Hrsg.) & FANTASYGUIDE.DE präsentiert: DER WAHRE SCHATZ und andere Fantasien. **Fantasy 1.** ISBN 978 3 942533 02 7

A. D. E. M., Der letzte Ritter. **Fantasy 2.** ISBN 978 3 942533 08 9

Simone Knels, Zwölf Märchen zum neuen Jahr. **Fantasy 3.** ISBN 978 3 942533 14 0

Ayako Graefe. IKEBANA. Geist und Schönheit japanischer Blumenkunst. ISBN 978 3 8391 4034 5

Jörg Hugger. Die »Metall-Leben«-Trilogie. Band 1: Geheimbund Membran. ISBN 978 3 8370 9889 1. Band 2: Gedanken-Datenbanken. ISBN 978 3 8370 9904 1. Band 3: Asteroid Luxoria. ISBN 978 3 8370 9955 3

Michael Haitel & Robert Hector (Hrsg.). 2500 - Die fiktive Zukunft der Menschheit. **AndroSF 1.** ISBN 978 3 8391 1442 1

Robert Hector. Die dunkle Zukunft der Menschheit – 250 Mal MADDRAX. **AndroSF 2** – Coloured Edition. ISBN 978 3 8391 2070 5. **AndroSF 2** – Black & White Edition. ISBN 978 3 8391 1440 7

Frank W. Haubold. Die Sternentänzerin. **AndroSF 3.** ISBN 978 3 8391 3455 9

Michael Haitel (Hrsg.). DAS WORT – STORY CENTER 2009. **AndroSF 4.** ISBN 978 3 8391 3602 7

Michael Haitel (Hrsg.). BOA ESPERANÇA – STORY CENTER 2009. **AndroSF 5.** ISBN 978 3 8391 3603 4. Mit der Siegerstory des Deutschen Science-Fiction-Preises 2010: »Boa Esperança« von Matthias Falke.

Frank Böhmert. Ein Abend beim Chinesen. Beste Geschichten. **AndroSF 6.** ISBN 978 3 8391 0096 7

Axel Kruse. Unter dem weiten Sternenzelt. **AndroSF 7.** ISBN 978 3 942533 00 3

Matthias Falke. HAREY RELOADED. Erzählungen. **AndroSF 8.** ISBN 978 3 942533 01 0

Axel Kruse. ASTROMINC. **AndroSF 9.** *In Vorbereitung.*

Sven Klöpping. MENSCHGRENZEN. SF-Storys. **AndroSF 10.** ISBN 978 3 942533 09 6

Axel Kruse. ARTEFAKT (Arbeitstitel). **AndroSF 11.** *In Vorbereitung.*

Michael Haitel (Hrsg.). INZUCHT und die denkbare Gesellschaft - STORY CENTER 2010. **AndroSF 12.** ISBN 978 3 942533 13 3

Simon Spiegel. THEORETISCH PHANTASTISCH. Eine Einführung in Tzvetan Todorovs Theorie der phantastischen Literatur. **AndroSF 13.** ISBN 978 3 942533 12 6

*p.*machinery
Michael Haitel
Ammergauer Str. 11
82418 Murnau am Staffelsee
08841 61 30 800
www.pmachinery.de
michael@haitel.de

Unsere Bücher gibt es
im Internet und im Buchhandel.